CW00920710

1

FRANCESCO GIULIANO

DOLCI FAVOLE PER PICCOLI EROI

BREVI STORIE PER CRESCERE LEGGENDO

Illustrazioni di Anna Giuliano

Prefazione

Ciao a tutti bambini. Questo piccolo libro di favole è stato pensato per tutti voi, che amate ascoltare sempre nuove storie. Mi presento sono Francesco Giuliano, ma tutti i miei amici mi chiamano Ciccio, quindi puoi chiamarmi così anche tu. A questo mio lavoro, dedicato a voi hanno collaborato i miei due cuccioli di casa: mia figlia Anna e mio figlio Salvatore. La prima ha curato le illustrazioni presenti all'interno delle fiabe, l'altro mi ha dato qualche dritta sulle caratteristiche di alcuni animali e mi ha suggerito la trama di una delle storie che troverete nel libro. Leggere fa bene a tutti noi, ci aiuta a crescere e ad essere più sensibili nei confronti degli altri. Per questo nelle fiabe che leggerete o che ascolterete, troverete sentimenti e storie che vi faranno riflettere, proponendovi un modello per la vita, fatto di amore, amicizia, perdono, condivisione e allegria, che penso sia quello più adatto alla vostra giovane età. Alcune storie non le avrete mai sentite, altre le ascolterete da un punto di vista diverso, che spero vi faccia divertire e continuare a sognare. Ma ora non voglio rubarvi altro tempo, vi auguro buona lettura e buona vita.

Palermo 10/10/2022

Francesco Giuliano

LE FIABE

Sommario

Gigi il punto

Questa è la storia che narra di un punto di nome Gigi, triste e solitario tra migliaia di lettere. Da piccolo, Gigi aveva perso la sua mamma, una parentesi tonda, scomparsa per il colpo improvviso di una gomma cattiva, che l'aveva cancellata lasciandolo orfano. Per questo era cresciuto da solo nella cittadina di *"Bookland"*, col suo papà, il signor *Duepunti*, un uomo grassottello con dei grandi occhiali neri, i capelli indietro pettinati in maniera molto ordinata, resi lucidi da un sottile strato di brillantina. Era simpatico, ed il suo mestiere era il vigile. Era molto bravo nel suo lavoro, divideva le frasi in maniera precisa e puntuale, dando un senso all'enorme traffico di parole che in quella città ogni giorno si rincorreva fino a tarda notte. Era spinto da un forte senso del dovere e la morte della moglie lo aveva reso ancora più responsabile, vista la presenza di Gigi. Le stagioni passavano in fretta e le pagine di Bookland giravano veloci. Giunse settembre e per Gigi il punto, arrivò il primo giorno di scuola. La sua maestra, la signora Prima Pagina lo accolse in classe con un gran sorriso, entusiasta di incontrarlo. Gigi, fu colpito dal fatto che non tutti però in quella classe apparivano felici di vederlo. Molti dei suoi compagni, lo guardavano strano. Unico punto in un mondo di lettere e segni era il più basso di tutti, anche lui rotondetto come il papà e forse ancor più tondo a causa della sua giovane età. Entrò comunque in classe, determinato a cominciare. Troppo spesso gli capitava di giungere sempre alla fine di ogni occasione, o discorso e sentire di fronte a sé, sempre uno strano silenzio. i banchi erano quasi tutti occupati. In prima fila c'erano due compagnette molto snob la lettera A e la lettera B. Si credevano belle perché prime in ogni alfabeto, la prima alta e con due belle trecce che scendevano sul viso color ambra, l'altra con due belle labbra carnose di colore rosa, che le davano un aspetto dolce e pieno di vitalità. Gigi andò oltre cercando di trovare un posto e come quasi sempre gli capitava lo trovò alla fine della frase in fondo, da solo all'ultimo banco insieme a virgola e apostrofo. La maestra Prima Pagina cominciò con le presentazioni dicendo: "Buongiorno bambini, mi chiamo Bianca Prima Pagina e sarò la vostra maestra. Oggi per voi è un giorno speciale. Cominciate il vostro lungo viaggio in questa scuola. Io vi accompagnerò solo per questo primo anno, il prossimo anno passerete alla seconda pagina e alla fine del vostro percorso avrete realizzato il più bel libro mai visto prima: quello della vostra vita". Gigi pendeva dalle labbra della maestra ed intanto si guardava intorno. Davanti a sé un tipo buffo, lo chiamavamo "Dàbliu". Veniva da lontano dicevano, e tutti erano affascinati da quei suoi strani capelli scombinati e da quella sua buffa cadenza inglese. La maestra chiese proprio a lui di presentarsi per primo. Così presa la parola disse: "Ciao mi chiamo Dàbliu e vengo da Londra. Mio padre si chiama Walter e mia mamma Wanda e siamo qui perché vorrei imparare l'italiano, per poter scrivere nuove parole e diventare grande." La maestra lo ringraziò e passò in rassegna le altre lettere facendo in modo che si presentassero, una ad una. Alla fine giunse a Gigi all'ultimo banco. Così gli chiese di presentarsi. "Mi chiamo Gigi e sono un punto. La mia mamma è volata in cielo. Una gomma cattiva me l'ha portata via. Eravamo accanto alla fine di una frase, quando ad un tratto, girandomi per un colpo di vento, non l'ho vista più. Sono cresciuto col mio babbo che mi vuole tanto bene. Ci somigliamo tanto anche se lui è grande il doppio rispetto a me. Sono qui perché anche io vorrei scrivere parole nuove ed imparare cose nuove. Ma appena Gigi finì di parlare tutti scoppiarono a ridere. La maestra tentò di calmare i bambini più dispettosi e quando chiese perché di quelle risa. Tutti risposero che non avrebbero mai potuto scrivere nulla con un punto, non si sarebbero mai unite a quel segno cicciottello, nero e senza alcun significato ultimo fra gli ultimi della classe dei segni. La maestra colpita e contrariata da questa reazione, lasciò che i bimbi si calmassero e poi decise di assegnare loro un compito in classe. "bimbi miei ho appena sentito da voi alcune cose davvero spiacevoli. Per questo vorrei ora che provaste a capire da soli qualcosa che desidero insegnarvi. Vi dividerò in gruppi e vi chiederò di scrivere una semplice frase." Formò così il primo gruppo "Le Vocali", all'interno del quale stavano a, è, è, i, o, ò ed u. Dall'altra parte "Le consonanti" con all'interno b, c, d, f, g, h, l, m, n, p, q, r, s, t, v, w, y, z. Infine il gruppo dei "segni di punteggiatura" in cui stavano la virgola, le virgoletta (") i due punti (:) il punto e virgola (;), il punto esclamativo (!) e il punto interrogativo (?). Gigi il punto disse alla maestra: "Maestra ed io?". La maestra rispose: "Tu Gigi starai qui con me ad aspettare che i tuoi compagni scrivano la loro prima frase". Rivolgendosi agli altri disse: "Vi spiego come funziona. Potete collaborare e scambiarvi di posto. La regola necessaria è che la frase significhi qualcosa e che sia compiuta, finita. Ok?". Tutti risposero in coro: "Ok". Le lettere cominciarono ad organizzarsi cercando di collaborare fra di loro e scrivere la frase. Le vocali cercavano di stare fra loro perché gelose della loro posizione, ma non sempre potevano, perché se vicine non creavano parole pronunciabili. Così succedeva anche alle consonanti, gelose per natura, ma costrette spesso a separarsi tranne che nelle parole con le doppie. Il gruppo della punteggiatura era quello meno coinvolto perché molte volte le virgole, i due punti o i punti e virgola non sapevano dove mettersi, e i punti esclamativo ed interrogativo erano troppo particolari, non tutti volevano farli entrare nella propria frase. Passarono almeno quindici minuti, poi le lettere si presentarono davanti alla pagina vuota e chiesero di potersi disporre per scrivere la frase. Erano convinte di essere al posto giusto. La maestra disse: "Bene, quale è la frase che volevate scrivere?". Le lettere risposero: **"Oggi il sole saluta la primavera"**. Le lettere aspettavano lì, tutte contente, ma la faccia della maestra si fece dubbiosa. Così le rimbrottò dicendo: "Siete sicure che la vostra frase sia finita?". Le lettere risposero: "Perché chi chiedi questo maestra?" La maestra rispose: "E la punteggiatura?". Le lettere stettero un po' a riflettere come risolvere, poi risposero: "Ma maestra, la punteggiatura che potevamo usare la abbiamo usata, ci sono i due punti e le virgolette. La virgola non ha fatto in tempo, la frase era troppo breve, il punto esclamativo non era adatto all'occasione e il punto interrogativo non è voluto venire perché la frase non era una domanda". La maestra rispose: "E non pensate che vi sia mancata qualcosa per poter finire il lavoro e proseguire?" Pensarono diversi minuti poi ad un tratto le virgolette, più intelligenti e scaltre rispetto agli altri esclamarono: "ma certo!!! di solito accanto a noi alla fine c'è sempre un punto. Mancava Gigi per completare la frase!" La maestra disse: "Brave virgolette, avete capito il senso di questo esercizio. Ogni giorno nella nostra città, un punto qualunque di nome Gigi è emarginato perché diverso dagli altri, perché troppo basso per alcuni, troppo magro per altri, o troppo nero, o addirittura troppo rosso, in ogni caso diverso da ciò che ci somiglia. Ma dimentichiamo sempre che ognuno di quei punti, nella loro diversità sono un dono per noi, e servono al nostro racconto esattamente come noi, perché ci aiutano a vedere il mondo nella sua complessità e ci rendono completi, consentendoci di finire la frase, il discorso. Ogni singolo punto è importante anche se diverso dagli altri." Poi rivolgendosi a Gigi disse: "Gigi penso che ora potrai sederti accanto alla tua compagnetta A, così potremo finire la frase e cominciare a scriverne una nuova per questa prima pagina della vostra nuova vita." Gigi il punto, abbraccio la maestra e andò a sedersi accanto alla a così la frase fu completa: **"Oggi il sole saluta la Primavera."**. Spero tanto che questa fiaba abbia aiutato anche te piccolo punto che ascolti e che ti senti da solo in mezzo a queste mille lettere che ti girano intorno. Sappi che anche tu sei fondamentale nel libro della vita. Buonanotte dal tuo amico Gigi.

Il folle volo di Dino

C'era una volta un allosauro di nome Dino. Viveva da solo in una foresta sconfinata. Tutti quelli che incontravano il suo sguardo, avevano sempre una gran paura a causa del suo imponente aspetto e della sua fama di spietato predatore. Così tutti lo evitavano come la peste. Per questo Dino era molto triste e solitario. Amava molto ballare ed ascoltare la musica classica. Il suo cuore leggero lo faceva sentire una farfalla ma il suo corpo non lo assecondava. Da un po' di tempo aveva deciso di mangiare solo frutta ed insalate, di diventare vegetariano, andando contro la sua natura, convinto che così avrebbe smesso di mettere paura agli altri animali della foresta e che avrebbe potuto finalmente avere qualche amico. Ma tutti lo guardavano con diffidenza e non credevano alle sue parole: "Dove fuggite? Che fate? Non abbiate paura non ho intenzione di mangiarvi, non mangio carne da due settimane. Non avete di che temere!

Voglio solo fare due chiacchere" Ma nessuno osava avvicinarsi e tutti fuggivano. Un giorno mentre vagava in cerca di bacche da mangiare, si trovò per caso alla riva di un grande lago. Gli alberi in lontananza al di là della sponda a nord creavano una cornice paradisiaca e rendevano quel paesaggio un piccolo miracolo per la vista. L'acqua scura e calma suggeriva il termine di un pomeriggio di ottobre, e Dino stava accovacciato sulla riva del lago ad ascoltare la musica ammaliante della natura. Ad un tratto vide emergere dal lago una strana figura marina che fece un balzo verso l'aria riempendo il suo sguardo e sprofondò nuovamente negli abissi del lago. Non sapeva chi fosse ma aveva un aspetto magnifico. In realtà era una femmina di cronosauro, di nome Alba che giocava felice come ogni giorno nel suo lago, regina incontrastata del suo ambiente acquatico. Dino ebbe un sussulto. Per la prima volta vedeva qualcuno di simile a lui, così cercò di attirare l'attenzione di Alba e la chiamò a gran voce mentre lei si muoveva sott'acqua. Dino ebbe l'istinto di gettarsi in acqua ma non sapeva nuotare e la sua paura vinse sull'istinto. Così tornò a casa sua, ma quella vista paradisiaca lo aveva colpito a tal punto che non riusciva più a smettere di pensare a quella splendida creatura così leggiadra e nobile che volteggiava nell'acqua lieve e gentile come una farfalla in volo. Quella sera non riuscì neppure a mangiare le bacche che aveva raccolto al pomeriggio e andò a dormire per cercare di smettere di pensare. Ma nella notte sognò qualcosa di straordinario. Era vicino al lago e per magia, Alba si avvicinava a lui per parlare. Lo fissava negli occhi come fosse l'unico al mondo in quell'istante e per magia le sue zampe dalle lunghissime unghie, si trasformavano in pinne sinuose. Si gettava anche lui in acqua e accanto alla sua dolce amica poteva ora finalmente condividere emozioni, parole, gesti e note che fino ad allora nessuno aveva mai voluto ascoltare. Era un sogno magnifico, il suo animo era così felice che sentì nuovamente arrivare la fame, che però, purtroppo per lui, lo riportò alla veglia con un enorme buco allo stomaco. Dovette trattenersi dall'andare a cercare una vera preda come ai vecchi tempi. Non voleva rovinare definitivamente la sua reputazione, così mangiò avidamente le bacche che aveva raccolto, anche se il suo stomaco rimase ancora delle ora a brontolarsi. Dino non riusciva più a smettere di pensare ad Alba e continuò per giorni a tornare al lago per incontrarla di nuovo ma non la trovò mai più lì. Un giorno però mentre stava seduto sulla sponda del lago, sentì un rumore dall'acqua vicino a lui. Emerse la testa di Alba ad un metro da lui. Lo fissava in silenzio come se fosse muta. Dino era fermo, immobile, come fosse di ghiaccio. La sua irruenza solita era svanita. Sembrava una statua di marmo in una piazza deserta. Così ad un certo punto fu Alba che ruppe il ghiaccio: "Ciao, come ti chiami come mai sei qui? Piacere io sono Alba." Balbettando con voce incartata l'allosauro rispose: "Ciao mi chiamo Dino e sono qui per godermi un po' di pace". Alba rispose: "Allora ti lascio in pace, me ne torno giù". Di istinto Dino disse: "No, no…". Alba si fermò accennando un sorriso: "Non intendevo essere villano, mi fa piacere parlare con te. Sono mesi che cerco senza successo di avere degli amici, ma tutti scappano quando mi vedono. Non ci sono in giro dinosauri come me e gli altri animali credono sempre che io voglia mangiarli. Per cercare di far amicizia ho deciso di diventare vegetariano, ma nessuno mi crede." A quelle parole Alba scoppiò in una spontanea risata: "Un allosauro vegetariano è una grande notizia. Ci si potrebbe scrivere una storia". Dino sorrise. In effetti credere ad un allosauro vegetariano era come credere che la Terra fosse piatta. Da quell'istante passarono molti altri pomeriggi insieme e il loro tempo volava come accade quando nasce l'amore. Nessuno dei due era consapevole. Spesso i sentimenti tardano ad arrivare dal cuore alla mente e quando si capisce è ormai troppo tardi. Novembre era alle porte e il tempo si iscuriva, i giorni diventavano rigidi e per Alba e Dino diventava più difficile incontrarsi. Dino capì che la lontananza da Alba era per lui motivo di profonda tristezza ed elaborò il sentimento dell'amore. Alba pensava sempre a quel buffo allosauro, timido ed insicuro ma dal cuore d'oro. Il loro amore però era ostacolato dall'acqua che per Alba era vita ma che per Dino avrebbe rappresentato la morte. Arrivò l'inverno e Alba non riusciva più ad emergere dalle acque. Dino divenne molto triste. L'unica amica che aveva osato rivolgergli la parola non c'era più, ed avrebbe dovuto attendere la fine dell'inverno per capire se avrebbe potuto ancora parlarle. Decise così che avrebbe passato tutto l'inverno seduto vicino al lago ad aspettarla. Preparò le sue cose ed uscì di casa. Fuori faceva molto freddo ed anche la sua spessa corazza non riusciva a tenerlo al caldo se non per qualche ora. Si incamminò fra alberi e fitte macchie di vegetazione. Camminò per molto tempo e alla fine giunse al lago, semi-gelato per l'ineluttabile freddo invernale. Si piazzò al solito posto sotto una grande quercia, per trovare riparo dalla pioggia che aveva cominciato a cadere scrosciante. Con accanto le sue poche cose si mise ad aspettare la primavera. Passarono i primi giorni e Dino batteva i suoi grandi denti sotto la morsa del gelo invernale, ma non desisteva, ardeva in lui la fiamma dell'amore. Arrivò dicembre e Dino deperiva velocemente come una fiamma di una sottile candela. Le forze cominciavano a venir meno e cominciava ad avere delle visioni strane e alla sua vista apparivano puntini neri, sintomo di un'imminente cattiva sorte. Un giorno però nel freddo gelato dei primi giorni di Dicembre Dino senti alle sue spalle dei passi leggeri, giungere a lui. Si voltò e credette di avere un'altra illusione nel vedere avvicinarsi a lui un bimbo piccolo e sorridente, vestito di bianco con il suo viso color cioccolato ed i suoi occhi vispi. Si avvicinò a Dino e disse: "Come stai amico mio?". Dino per un attimo trasalì sentendo le parole che avrebbe voluto sentire da una vita e per le quali forse oggi sarebbe morto: "Chi sei?" rispose: "Esisti davvero?". Il bambino lo abbracciò forte e gli disse: "Certo che esisto. Ho letto fin qui la tua storia ed ora ti dono la libertà. Il tuo cuore e l'amore che provi ti hanno reso libero". Una luce fortissima avvolse Dino. Si senti sollevare in aria.

Qualcosa cambiava dentro di lui. Per magia le sue zampe diventavano pinne e la sua dura pelle, eleganti squame. Era diventato un cronosauro. Le acque del lago si aprirono, squarciate dalla luce di un bimbo e Dino si tuffò in acqua per raggiungere Alba. Non avrebbe più sofferto. Visse felice per molti anni con la sua splendida compagna, in pace e con amore.

La strana storia di Bob e Rabbit

In un bosco lontano, perduto dal tempo vivevano tanti animali. Lupi, volpi, tassi, cervi e scoiattoli. Tra tanti, due però facevano da un po' parlare di loro. Un orso di nome Bob, bruno marsicano, burbero dal cuore tenero e un coniglio di nome Rabbit, sempre intento a sgranocchiare le carote che rubava spesso al cuginetto, Sammy la lepre. Bob e Rabbit erano molto amici. Si erano conosciuti durante un inverno rigido, in cui Rabbit aveva salvato la vita a Bob durante il suo letargo, svegliandolo poco prima che la sua tana cadesse, travolta da una pioggia battente. Da allora i due erano divenuti molto amici. Camminavano sempre insieme per il bosco e tutti li deridevano dicendo: "Che cosa strana, un orso e un coniglio amici per la pelle. Ma non hanno nulla in comune!!!". Senza curarsi dei pettegolezzi del bosco, Bob e Rabbit passavano i pomeriggi a raccogliere more, gelsi, girasoli e l'immancabile miele di cui Bob era letteralmente ghiotto. Si sa gli orsi sono dei golosoni. Era primavera e tutto nel bosco sembrava essere in festa. Fiori rossi e gialli salutavano l'arrivo del mese di aprile, in cui tutto il tepore della bella stagione stava per invadere i cuori degli animali in amore. Un giorno mentre molti animali si abbeveravano, tutti insieme alla foce del fiume, un enorme e inaspettato ruggito, squarciò l'aria intorno: "ROOOARRR!!!!!". Una tigre del Bengala in un bosco. Che cosa bizzarra. Tutti gli animali erano impietriti di fronte all'enorme tigre, che ruggendo disse: "Ecco qui la mia bella cena di oggi". E balzando giù come un'aquila si scagliò contro gli animali, che intanto fuggivano da tutte le parti. Da quel momento il bosco sembrava deserto. La paura regnava sovrana. La tigre s'appostava negli angoli più bui e remoti, aspettando il momento giusto per catturare le prede più golose. Bob e Rabbit, che nel frattempo erano stati lontani per cercare bacche buone da mangiare, rientrarono nel bosco e capirono subito che qualcosa di strano accadeva. Un silenzio irreale, nessuno ad aspettarli per strada o per ridere di loro come di consueto. Rabbit coi suoi lunghi baffi, odorò subito il pericolo e rivolgendosi a Bob disse: "Sento qualcosa di strano qui intorno." Uno scoiattolo vedendoli passare sotto il suo albero, grido avvertendoli: "Occhio alla tigre! Se vi becca vi sbrana in un sol boccone". I due si guardarono negli occhi e sorrisero, pensando all'ennesimo gioco di cattivo gusto, ma proprio in quell'istante la tigre saltò fuori da un cespuglio all'attacco del piccolo coniglio, un boccone per lei irrinunciabile. Rabbit sconvolto dalla vista si nascose dietro Bob che fermo in piedi davanti alla tigre disse: "Cosa vuoi?" – La tigre rispose: "Dammi il coniglio. È la mia cena". Bob rispose: "Ti conviene cambiare abitudini, il coniglio è mio amico. Stasera cena con un'insalata." Gli altri animali guardavano nascosti la scena sbigottiti dal coraggio dell'orso, da sempre per loro animale pigro e docile. La tigre intimò a Bob di spostarsi e di fronte al suo rifiuto si avventò sull'orso marsicano. Lottavano i due mentre Rabbit spaventato chiamava aiuto. Alcuni animali pentiti per aver offeso l'amicizia fra Bob e Rabbit uscirono allo scoperto tentando di aiutare i due, altri invece per paura continuarono a stare nascosti. Bob e la tigre duellavano senza esclusione di colpi. La tigre balzò al collo di Bob, scaraventandolo a terra. Ma mentre i due guerreggiavano, Bob con un colpo di zampa colpì la tigre a volto facendola cadere giù dal vicino dirupo cui erano giunti guerreggiando. Bob per un attimo barcollò, poi cadde a terra come morto. Tutti gli animali uscirono in cerchio a guardare cosa era accaduto all'orso mentre Rabbit, si fece spazio gridando: "BOB, BOB, NO TI PREGO!". Rabbit stava accanto a Bob che aveva gli occhi chiusi e sembrava non respirare. A tutti sembrò morto. Rabbit si avvicinò al volto dell'amico piangendo a dirotto: "Amico mio, stavolta sei tu che hai salvato me!". Abbracciò il suo volto piangendo. Una lacrima bagnò la ferita sul collo di Bob ma quando tutto sembrava perso, la lacrima toccata la ferita diede come di incanto luogo ad una luce fortissima. La ferita si rimarginava e Bob apriva lentamente gli occhi. Voltatosi verso Rabbit gli chiese: "Come stai?". Rabbit rispose: "Amico mio!" si abbracciarono e tutti gli altri animali correvano intorno festosi per la ritrovata armonia e pace. Da allora tutti divennero amici di Bob e a nessuno sembrò strano che un coniglio e un orso fossero amici. Del resto l'amicizia e l'amore non conoscono limiti.

Notte di Natale

C'era una volta una piccola cittadina in cui viveva un bimbo di nome Luigi. Suo papà era un grande chef di un noto ristorante. La vita del papà di Luigi era sempre frenetica e ricca di impegni; tv, giornali, radio, e poi il ristorante lo assorbivano talmente tanto che spesso Luigi non riusciva a vederlo per giorni. I compleanni, le festività, le domeniche, l'estate erano per Luigi sempre molto diverse da come le raccontavano i suoi compagnetti di scuola. Sandro ad esempio raccontava delle domeniche mattina passate al parco a giocare a palla; Ettore scriveva nei suoi temi spesso delle passeggiate con i suoi genitori, o delle vacanze al mare. Luigi viveva con la mamma, che non gli faceva mai mancare nulla, ma che non avrebbe mai potuto diventare il papà. Spesso poi quando tornava a casa il suo babbo sfinito dal lavoro non riusciva a dedicargli il tempo adeguato, e lo liquidava con un "Amore mio, sono stanco.

Giochiamo domani". Ma quel domani non arrivava mai e Luigi era triste. L'inverno era nel vivo e dicembre bussava alle porte. Per Luigi tutte quelle pubblicità di famiglie felici attorno al tavolo con albero acceso e panettone in primo piano sembravano simili a film di fantascienza. La mamma un giorno, entrò nella sua cameretta e chiese: "Luigi, ti andrebbe di montare l'albero insieme? Mi daresti una mano?". Il bimbo accettò di buon grado. Era pur sempre Natale e si sa che Natale in fondo è la festa dei bimbi. Mettevano insieme i rami del grande albero natalizio, finto ma bellissimo. La mamma non aveva voluto comprare un albero vero, perché riteneva sbagliato tagliare un albero per il capriccio di due mesi, ma era senz'altro più intelligente sostituirlo con uno da poter riutilizzare tutti gli anni. Papà anche quella volta non c'era, in viaggio per le Olimpiadi di Cucina che si svolgevano nella lontana Germania.

La mamma e Gigi misero le luci sull'albero, addobbarono ogni cosa e poi si dedicarono al presepe. Quando ebbero finito, la mamma disse a Gigi: "Sai che facciamo adesso? Corri su in camera tua e scrivi una lettera a Babbo Natale così la mandiamo a papà in Germania e chissà lui sta più vicino di noi a babbo Natale e forse può consegnargliela e farti avere per Natale ciò che desideri. Luigi, accennò un sorriso rispondendo: "Ok. Anche se non so cosa chiedere. La playstation 5 l'ho ricevuta per il mio compleanno, il lego Harry Potter per la mia promozione, il T- Rex di Jurassic World dominion per Ogni Santi. Devo pensarci su". La madre gli rispose: "Bene vorrà dire che passerai la serata a pensare a cosa scrivere. Tieni ecco il foglio, la penna e la busta; mettiti a lavoro. Luigi corse su in camera sua si mise alla scrivania, accese la luce per vedere bene e cominciò poggiata la testa sulle sue piccole mani di ometto a pensare ad un regalo originale per il prossimo Natale. Cominciò la sua lettera dicendo: "Caro Babbo Natale, come stai? Io bene. Non ci sentiamo da un anno. Mi è piaciuta molto la action figure di Iron Man che mi hai regalato lo scorso anno. Ti ringrazio per aver fatto tutta questa strada per me, solo per portare il mio regalo. Ho visto che hai bevuto un po' del vino che ti ho lasciato sul tavolo per riscaldarti dal freddo della notte. Mia mamma e mio papà mi hanno detto che eri tu quello che ho incontrato al centro commerciale lo scorso sabato, ma io non ci credo perché per me quello li aveva la barba finta e non aveva per niente l'aria buona che sicuramente ha uno come te che gira tutto il mondo in una notte per fare felici molti bimbi." Mentre scriveva pensava ancora a cosa avrebbe potuto chiedere. Era un bimbo fortunato. Papà a mamma guadagnavano molti soldi e riuscivano a soddisfare ogni suo desiderio. Fu lì che pensò a cosa veramente desiderava da una vita ma che non aveva mai potuto realizzare fino ad allora nei suoi sette Natali ormai passati sotto l'albero ad ascoltare la messa in tv. Ruppe così gli indugi e giunto al punto scrisse: "Quest'anno Babbo mio ti chiedo un regalo molto grande. Non so se potrai mai accontentarmi. Non ti ho mai chiesto nulla di simile. Ma se non lo chiedo a te che riesci a volare e fermare il tempo, non so proprio a chi chiederlo. Vorrei tanto che questo Natale il mio Babbo stesse con me. Sai lui fa il cuoco. In tv spesso lo chiamano chef. È il capo di un posto in cui preparano il cibo per le persone. È molto strano che papà faccia questo lavoro. Quando è a casa non ama altro che stare seduto sul divano a guardare la tv, o leggere il suo tablet, o parlare di lavoro col suo manager, per trovare cose nuove da cucinare. Non ha mai cucinato per me; non ha mai tempo. A volte mi chiedo se mi vuole bene, ma ho paura di chiedere per paura della risposta. Mamma è molto brava e sta sempre con me e anche papà cerca sempre di comprarmi tante belle cose ma la verità è che a me manca lui, non i giocattoli né i giochi che posso comprare domani. Quindi ti chiedo se puoi, di farlo stare con me a Natale." Chiusc la lettera nella busta con il timbro a forma di renna che gli aveva dato la mamma e consegnò tutto a lei, che avrebbe spedito a Babbo Natale. Attraverso papà. La sera Giulia, la madre di Luigi senti Gianni al telefono e gli disse: "Gianni, guarda che Luigi ha scritto la letterina per babbo Natale. Gli ho detto che la avresti consegnata tu a lui, così quando dopo te lo passo digli che lo hai fatto, così lui è più felice." Gianni rispose: "Ok, quando torno la leggo così provvedo per tempo. Anche perché poi, appena cominciano le festività, sai che confusione. Non riuscirei più a trovar nulla di interessante." La mamma e Luigi erano a tavola. Vide che dopo il compito assegnatogli nel pomeriggio, il bimbo era strano come impaziente di saper se Babbo Natale avesse già avuto modo di leggere la lettera o no. La madre lo tranquillizzò sul fatto che la lettera fosse già in mano di Babbo Natale e che sicuramente, se avesse fatto il bravo, avrebbe ricevuto ciò che desiderava. Luigi non era molto convinto, forse perché sapeva di aver chiesto qualcosa di più di un semplice gioco ma, finita la cena e sistemato lo zaino per la scuola, corse a letto. La madre approfittò, rimasta sola, per aprire di nascosto la busta e leggere la lettera. La lettura cominciò con una risata, ma andando avanti il sentimento della mamma mutò in un nodo stretto alla gola e in alcune lacrime, che le bagnarono il suo bel viso, commossa dalla tenerezza della richiesta del suo cucciolo d'uomo. Così non seppe aspettare e fatta una foto con il suo smartphone, inviò un whatsapp al marito intento nel preparare i piatti per la competizione del giorno dopo. Gianni ricevette il messaggio e vide che si trattava di una foto. Lesse la lettera di Luigi e tratteneva a stento le lacrime. Guardava da una parte i suoi arnesi e i suoi lavori sul tavolo, dall'altro la lettera del suo bimbo, desideroso di affetto ed attenzioni e ormai giunto ad una età in cui la mancanza prendeva lo spazio dei ricordi di infanzia, quelli che rimangono dentro per tutta la vita. I giorni seguenti passarono pigri e uguali come spesso accade quando non si patisce né si gioisce, ma fortunatamente si vive. Erano i primi giorni di dicembre e le vacanze si avvicinavano. Luigi era a casa, la mamma a lavoro lo aveva affidato alla custodia della baby sitter e papà come al solito dopo un breve saluto mattutino era corso ancora con la tazzina del caffè in mano alla sua auto. Il lavoro lo attendeva. Sara la babysitter di Giulio stava con lui a guardare la tv, quando di botto lui le chiese: "Sara, ma tuo papà che lavoro fa?". Sara rispose: "Il mio papà non lavora più. Lui è un angelo e sta in cielo ora, vola in alto con i suoi amici angeli". Luigi rispose: "Davvero! Allora conosce di sicuro Babbo Natale, anche lui vola nel cielo. Potresti chiedergli quando lo senti se può chiedergli se ha ricevuto la mia lettera?". Sara sorrise della ingenuità del piccolo, ma annuì e raccontò tutto ai genitori di Giulio, dicendogli che era molto sensibile su questo argomento e che probabilmente ciò che stava in questa lettera per lui era davvero importante. Passarono i giorni ed arrivò il più atteso. Giovedì 24 dicembre, vigilia di Natale. Luigi non stava nella pelle, a casa era rimasto da solo con mamma, nonni e zii come ogni anno. Sul tavolo imbandito, cibi di ogni tipo, frutta secca e dolci squisitissimi. Sotto l'albero lo spazio vuoto per i regali. Papà come sempre era a lavoro di sera. Cenarono tutti insieme poi si salutarono per andare a dormire; il mattino successivo avrebbero dovuto scartare i regali. Nel buio della notte Luigi non riusciva a dormire. Era curioso di sapere se Babbo Natale avrebbe portato il dono che lui aveva chiesto convinto. Decise di scendere giù e appostarsi vicino all'albero per aspettare l'arrivo di Babbo Natale. Quando scese dalle scale rimase di sasso all'ingresso della camera da pranzo. Di spalle davanti al suo albero Babbo Natale depositava i doni. Luigi vide anche un pacco per lui. Era piccolo e portava sopra la scritta: "Per Luigi". Da una parte la vista di Babbo Natale lo colpì ma dall'altra non ebbe la forza di dir nulla. Lo vide mentre seduto al tavolo beveva e mangiava. Le sue scarpe bianche con le strisce rosse, lo colpirono, ma mentre fissava quel particolare lo vide scomparire dietro l'arco della cucina e lo perse di vista. La mattina seguente Luigi scese giù in camera da pranzo. Come ogni anno, mamma, nonni e zii davanti all'albero. All'appello mancava solo papà. Come sempre a mattino presto al ristorante per preparare il pranzo degli altri bimbi e dei loro genitori. Sconsolato si avvicinò all'albero. Quando la madre gli chiese cosa succedesse, lui rispose che Babbo Natale era venuto, ma che lo aveva preso in giro e non aveva ascoltato le sue richieste. La madre lo rincuorò, forse non era stato abbastanza buono. Ma Luigi protestò ribattendo che fosse falso e che durante l'anno era sempre stato un bravo bambino (cosa per altro vera). Il nonno lo incoraggiò ad aprire il pacco. Quando scartò la carta la sorpresa fu enorme: "un grembiule, un cappello e un cucchiaio di legno". Pensò fra sé: "Ma che significa". La mamma lo invitò: "Leggi il biglietto". - "Ti aspetto in cucina, corri!". I suoi occhi si illuminarono, ma quando entrò in cucina, un uomo di spalle sembrava Babbo Natale, armeggiava ai fornelli. Luigi pensò che Babbo Natale avesse voluto sostituire il suo papà e che non fosse proprio riuscito a sottrarlo al suo lavoro. Notò le stesse scarpe della notte precedente. Si avvicinò a Babbo Natale. Quando si voltò, Luigi tirò un urlo pazzesco: "PAPA'!!!!!!". Il suo babbo era lì, il suo sogno era avverato. Si mise grembiule e cappello e prepararono insieme il pranzo di Natale. Pranzarono in compagnia e Luigi fu felice e imparò per la vita che a volte i doni più grandi sono quelli che abbiamo accanto e non riusciamo ad amare e che apprezziamo solo dopo averne sentito la mancanza e che in fondo Babbo Natale esiste nel cuore di ognuno di noi.

Sasà il pomodoro

In un tempo molto lontano viveva Sasà, pomodoro birichino che cambiava umore ad ogni stagione. Viveva nell'orto con i suoi genitori adottivi, Sergio e Maria la lattuga. Lo avevano trovato un giorno abbandonato per terra, avvolto in delle foglie di frasca, con accanto un biglietto con su scritto: "prendetevi cura di lui". Sasà era piccolino e verde, il suo carattere un po' birichino. Leggermente acido ma dal cuore tenero, amava stare al sole ma non tollerava l'acqua del mare. Diceva che lo stancava e lo rendeva di cattivo umore. Aveva tanti amici nell'orto, Cosimo la patata, Alba la rapa, Domenico il cavolo, e Gino broccoletto, con cui giocava felice da mattina a sera. Sasà non sapeva di essere stato adottato, i suoi genitori non avevano avuto il coraggio di parlargli e temevano di ferirlo. Pensavano fra loro: "E' ancora troppo piccolo. Quando maturerà gliene parleremo". Il tempo passava veloce nell'orto, gli ortaggi andavano e venivano. Sasà era rapito dai mille colori della natura e viveva felice la bella stagione. Arrivò poi l'autunno, tempo in cui alcuni amici come Sara l'anguria e Teresa la pesca partivano per tornare in città, dopo le belle vacanze estive. Il lavoro e la scuola riportavano il mondo alla normalità e Sasà provò per qualche tempo la malinconia. Avrebbe dovuto attendere un anno prima di poter incontrare di nuovo i suoi amici. Un dì, guardandosi allo specchio, si scoprì strano. Da sempre uguale a mamma e papà, verdi e con un bel ciuffo in testa, cominciava a diventare pian piano di un arancione pallidino. Pensò che il sole fosse stato la causa di quel colore, ma la sua curiosità o forse l'istinto, continuarono a tormentarlo durante i giorni seguenti. Cominciò a notare, in giro per l'orto che gli altri bimbi ed amichetti suoi erano spesso tali e quali ai loro genitori, ma solo più piccoli. Non trovava il coraggio di chiedere alla sua mamma spiegazioni ed in fondo non trovava importante quale fosse il suo colore, stava bene così. Un giorno Sasà andò con i suoi amichetti a giocare a palla nell'orto a fianco, per non disturbare Benni il fagiolino, che tornato da una faticosa giornata di lavoro, preferiva riposare. Andò così insieme a Carlo il limone, suo cugino Danilo l'arancia, Paola la mela e Ginevra la pannocchia. Cominciarono a giocare. Sasà disse a Ginevra: "Lancia di qua!!!". Ginevra lanciò la palla troppo forte, al punto che entrò dentro casa di Rodolfo, il contadino dell'orto a fianco. Sasà guardò la palla entrare dalla finestra, poi disse: "Ed ora che facciamo?". Ginevra rispose: "Facile, entra e recupera la palla!". Ma Sasà protestò dicendo: "Ma sei stata tu a lanciarla troppo in alto". Ma Ginevra risoluta concluse: "Non vorrai mandare una signorina tutta sola in casa di uno sconosciuto!". Sasà colpito nell'orgoglio divenne quasi rosso, ma calmatosi accettò di recuperare la palla, così si arrampicò lungo la grondaia esterna della vecchia casa del contadino e dopo qualche istante fu sul davanzale della finestra. Quello che vide dentro lo sconvolse. La finestra cui era giunto infatti era quella della cucina, dove sul tavolo stavano imprigionate in sottili reti di nylon frutti e ortaggi pronti per essere cucinati e mangiati dal contadino. C'erano porri che si abbracciavano impauriti e indifesi, insalate, agrumi e in fondo ad un grande cesto al centro del tavolo, dei pomodori tondi e rossi, arresi al loro povero destino. Sasà notò che quegli strani ortaggi, gli somigliavano molto, e non riusciva a spiegarsi come non li avesse mai incontrati prima. Era immobile di stucco, quando d'un tratto dal gruppo di pomodori una voce lo chiamò: "Ehi ragazzino! Che ci fai qui? È pericoloso, scappa fin che puoi!". Sasà si voltò per andar via ma poi spinto dal suo istinto coraggioso rispose:

"il pericolo non mi spaventa, cosa vi succede?". Un porro più distante rispose: "Succede che Rodolfo stamani è venuto a raccoglierci nell'orto e penso oggi abbia voglia di cucinarci". – "Cucinarvi? Che significa cucinarvi?". – "Mangiarci, tagliarci a fettine, masticarci, non dirmi che non sai a cosa serviamo noi per gli umani." Sasà era sconvolto. Non sapeva cosa fare, ma decise che avrebbe aiutato quelle verdure. Ma proprio mentre stava per avvicinarsi ai "prigionieri" sul tavolo, entrò Rodolfo: "Guarda un po' che belle verdure quest'anno, chissà che zuppa verrà fuori da questo ben di Dio". Le verdure atterrirono a quelle parole e le cipolle lacrimavano impaurite". Una voce dall'altra camera richiamò Rodolfo. Era la moglie che lo chiamava per aiutarla a spostare dei mobili. Sasà decise che doveva darsi da fare, così disse alle verdure: "Rimanete dove siete, torno a salvarvi". Le mele sul tavolo risposero: "Pensi forse che potremmo andare in vacanza? Se puoi aiutarci datti una mossa!". Sasà si calò dalla finestra, i suoi amici stavano ad aspettarlo; quando arrivò limone gli disse: "Ce ne hai messo di tempo, dove è la palla?" -: "La palla può attendere per il momento, abbiamo una missione da compiere". Spiegò, affrettandosi la situazione ai compagni di gioco. Alcuni come la pannocchia erano perplessi: "Come facciamo a farli scappare, finiremo anche noi nella zuppa". Ma Sasà rispose: "Ho un piano, corri a chiamare Sonny Banana, abbiamo bisogno di lui, voi invece venite con me:" Così mentre Ginevra correva a chiamare Sonny, Sasà risalì insieme ai suoi amici la finestra. Le verdure sul tavolo videro spuntare l'allegra comitiva dalla finestra, ma non credevano affatto che quei piccoli avrebbero potuto salvarli dal loro destino. Sasà però per nulla scoraggiato, parlò alle verdure spiegando il loro piano e poi insieme ai suoi amici andarono a nascondersi poco dietro la porta di ingresso della cucina. Intanto sopraggiungevano Ginevra e Sonny. Sasà disse alla banana: "Togliti un attimo la buccia e fai quello che ti dico.". Sonny senza chiedere nulla obbedì. Rodolfo tornava adesso per godersi la cena. – "ohhh! Finalmente posso mettermi a cucinare. Prese la retina con i pomodori e afferratone uno si accinse a tagliarlo ma il pomodoro urlò: "Bhooooooo!!!!" Rodolfo lanciò tutto in aria impaurito, mentre tutte le altre verdure sul tavolo presero a parlare. Credeva di essere impazzito e cercò di correre fuori dalla cucina ma attraversando l'uscio inciampò sulla buccia di Sonny, cadendo per terra stordito. Sasà urlò: "TUTTE FUORI DI QUA!!!". Le verdure correvano dappertutto, uscendo fuori dalla cucina in cui Rodolfo continuava a gridare per la paura. Furono salve così e si avviarono verso casa.

Durante la via del ritorno tutti si complimentavano con quel pomodoro così piccolo e furbo. Sasà continuava a guardare strano i pomodori, non riuscendosi a spiegare come mai fossero così simili a lui. Così chiese spiegazioni ad uno di loro. La risposta gli gelò le vene: "Ma caro piccolino mio, anche tu sei uno di noi. Sei un piccolo pomodoro." Inizialmente non volle crederci, ma poi vide un piccolo con la sua mamma, verde come lui fino a poco tempo prima. Giunto a casa le verdure vollero organizzare una festa per la liberazione di quei poveri ortaggi. Sasà corse da mamma e papà a chiedere spiegazioni su quello che aveva visto e sentito durante questa incredibile avventura. Mamma e papà gli spiegarono la sua storia e dopo i primi istanti in cui si sentì spaesato decise che non era importante se lui fosse un pomodoro o una lattuga, quello che era lo doveva all'amore dei suoi genitori e questo gli bastava. Quella sera allora mentre tutti festeggiavano, alcuni chiesero all'eroe della giornata di fare un discorso, così Sasà disse: "Sono Sasà, ho appena sei anni e solo oggi ho saputo chi sono. Sono un pomodoro frutto della terra e dell'amore di due ortaggi che non conoscerò mai. I miei genitori mi hanno raccolto ancora acerbo, mentre piangevo qui vicino in questo orto, e per anni sono cresciuto con loro. Mi hanno insegnato il coraggio, l'onestà, l'amore, l'allegria. Sono un pomodoro figlio di un'insalata, cosa forse un po' comica ma che mi ha fatto capire, che come oggi, non serve sempre dare il nome per forza alle cose, o ai sentimenti. Molto più importante è sentirsi amati come me in questo momento". Mentre parlava uno dei pomodori piangeva commosso in disparte e sottovoce sussurrò: "Bravo piccolo mio!". Era la mamma di Sasà. Non ebbe il coraggio di farsi avanti. Ma fu molto fiera di quel suo piccolo perso durante l'ultima raccolta, perché caduto dal cesto. Dopo poco si allontanò, asciugandosi le lacrime e senza farsi notare dall'orto mentre tutti intorno festeggiavano il piccolo Sasà. Finita la festa Sasà andò in camera sua. Sul tavolo trovò una sua foto e dietro stava scritto: "Hai ragione figlio mio, non serve per forza sapere il nome, sappi solo che ti amerò per sempre, la tua mamma." Sasà corse fuori dai pomodori cercando chi tra loro fosse la sua mamma, ma non la trovò. Gli dissero che una di loro era andata via prima senza motivo. Da allora Sasà esce ogni mattina dopo il bacio a mamma e papà e gira intorno per i campi a cercare un pomodoro senza un nome, un pomodoro chiamato "amore".

Dalla parte del lupo

C'era una volta un lupo di nome Mario. Era un giocherellone birichino. Amava prendersi gioco dei suoi amici bambini. Nulla a che vedere con i lupi che da anni ti raccontano i grandi. Non ha mai fatto male ad anima viva. Non sarebbe in grado di uccidere una zanzara. Mario si trovava in città per caso, per incontrare degli amici che avevano avuto la fortuna di trovare un padrone e che potevano ogni giorno giocare con dei bimbi bravi e buoni proprio come te. Del resto la vita del bosco annoia anche noi. È falso quello che si dice sul nostro conto. Non esistono "lupi solitari nel mio branco". Ero in centro e le strade pullulavano di persone. Ognuna di loro in una direzione diversa, Tutte prese dai loro affari, con il proprio telefonino in mano, isole in un mare di traffico. Ma a me piace tanto la città, perché mi fa sentire vivo. E poi noi lupi non parliamo, se non con i bimbi come te. Voglio raccontarti invece una storia che forse avrai sentito già ma sempre dalle persone sbagliate. Mi trovavo un giorno come tanti in giro per il paese vicino casa mia alla ricerca di un posto per riposare, dove poter trovare ristoro dal caldo estivo. Avevo già fatto colazione con una buona mela. Ero felice ed in vena di fare amicizia. Dopo un po' per strada vedo una bimba vestita con un bel vestitino di colore rosso ed un cappellino di paglia coordinato. Accanto a lei la madre, una bella signora, vestita elegante, avrà avuto cinquant'anni. In mano teneva un bellissimo cestino da pic-nic di quelli termici che vendono nei discount. Sto lì ad osservare la scena e sento la madre rivolgersi alla bambina dicendo: "Guarda Anna, io devo correre a lavoro, ho un sacco di appuntamenti oggi, non posso accompagnarti come sempre da nonna. Ma ormai sei grande puoi arrivarci da sola. Sono cinque minuti a piedi. È importante però che tu prenda la strada asfaltata quella che sale su dalla piazza. Arrivata vicino alla chiesa troverai la stradina che porta a casa di nonna. Vai sempre dritto e sarai subito da lei." La bambina guardava la donna sbalordita, come rintontita, forse sorpresa da questo "fuori programma". La madre si raccomandò:" Porta con te il pranzo da nonna così che tu possa mangiarlo con lei. Non voglio darle noia". La bambina ebbe il tempo di annuire e la madre andò via in un batter d'occhio. Anna si guardava intorno e non sapeva che pesci prendere, così rotti gli indugi mi avvicinai, travestendomi da anziano contadino per non impaurirla (purtroppo anche lei conosceva la storia di cappuccetto rosso). Mi offrii di indicarle la strada e lei sembrò felice di accettare. Si lamentava del peso del suo panierino così le dissi che avrei potuto portarlo io se mi avesse indicato la via. Ma sembrava diffidente così per evitarle comunque quella grande fatica, le indicai una strada più breve anche se certamente meno comoda. Anna accettò di buon grado il consiglio, ma appena mi voltai imboccò la strada che le aveva indicato la mamma. Una bambina così brava non la avevo mai vista. Mi fece tenerezza, così decisi che la avrei preceduta e che la avrei aspettata una volta giunta a casa dalla sua nonnina, per essere sicuro che fosse tutto a posto e poi sarei andato via. Così mentre lei andava per la stradina e giungeva attraverso la piazza e la piccola chiesetta, io mi inoltrai nel bosco, raccolsi anche alcune more da mangiare più avanti per dissetarmi e giunsi proprio davanti casa della nonnina. Stranamente mi accorsi che la porta era aperta. Allora bussai, chiedendo se vi fosse qualcuno in casa ma non ebbi risposta. La nonna stava per terra, svenuta. Non so cosa fosse successo, così preso dal panico entrai e cercai di capire come aiutare la anziana signora. Ma mentre cercavo di rianimarla, mi accorsi che dormiva profondamente e forse era

semplicemente caduta dal suo lettone. La sollevai
dal pavimento e la adagiai sul letto, ma in quello
stesso istante un suono improvviso del campanello
mi fece trasalire. Era Anna alla porta che chiamava
la nonna. Non sapevo che fare e la cosa più
intelligente mi sembrò quella di acchiappare una
cuffia posta su una sedia della camera da letto e
infilarmi insieme alla nonna sotto le lenzuola,
sperando che la bimba non si accorgesse di nulla.
Così finsi di essere la nonna. Anna entrò e chiamò
la propria nonnina. Io risposi cercando di fare la
voce più sottile che potevo, ma comunque mi uscì
il mio solito trombone, cosa che fece insospettire
la bambina. Avvicinatasi al letto disse: "Nonna ma
come fai a tenere la cuffia e a stare sotto le lenzuola
con questo caldo?". Io risposi: "Sto poco bene
tesoro mio, ma entra pure accomodati". Così Anna
si avvicinò e vedendo quei ciuffi di pelo grigio che
mi uscivano fuori dalla cuffia disse: "Nonna ma

che capelli lunghi che hai!". Io risposi: "E' da molto che non li taglio". Anna riprese sempre più insospettita: "Nonna ma che occhi grandi che hai!" Ed io risposi scioccamente "Per guardarti meglio tesoro mio". Anna era sempre più curiosa e sospettosa e disse: "Nonna che orecchie grandi che hai!" Ed io risposi: "Per sentirti meglio tesoro mio". A quel punto la bimba, forse capendo che sotto le lenzuola non c'era solo la nonna ma anch'io mi scoprì e lanciò un urlo acuto come quello di un'aquila che svegliò la vecchia e allarmò i vicini. Io cercavo invano di calmarla di spiegare ma non c'era verso, continuava ad urlare. La nonna chiamò un vicino cacciatore che in un secondo si precipitò a casa e prese a spararmi dietro, che se ancora ci penso mi vengono i brividi. Sono vivo per miracolo. Da allora sto sempre da solo, non parlo più ai bimbi se non a quelli che mi parlano per primi e sto alla larga soprattutto da Anna e dal paesino della nonna. La cosa però da allora ha un po' fatto il giro del mondo e per colpa mia tutta la mia razza è vista di cattivo occhio dagli adulti. Valli a capire gli umani. In fondo volevo solo essere utile. A volte le apparenze ingannano cuccioletto mio. Le immagini sono costruite per creare mostri o santi senza una vera ragione. Forse se fossi stato più bello, o meno gentile oggi non crederesti a quello che ti raccontano da tempo su di me. Spero mi crederai e dopo aver letto questa mia avventura imparerai a conoscere prima di giudicare chiunque perché no anche i lupetti mattacchioni come me.

Sandra e Agata amiche per la pelle

C'era una volta una bimba di nome Agata. Viveva in una bella casa poco fuori città. Il papà era impiegato di banca e la mamma una farmacista. Spesso Agata passava i suoi pomeriggi ed i fine settimana con Ester la sua baby sitter. Agata aveva una splendida cameretta, piena di giochi e cuscini. Le pareti rosa sembravano rendere la stanza un piccolo mondo incantato ed i confetti e le caramelle stampati sulle tende trasmettevano immensa dolcezza all'ambiente. Tra i tanti pupazzi e le bambole disposte sul letto bene in vista, una era la preferita di Agata: Serena. Era una bambolina dalle guance rosse, con occhi azzurri e capelli biondissimi. Indossava una tutina rosso fragola con le righine bianche e un buffo cappellino di cotone che Agata le lasciava anche d'estate. C'era un legame particolare tra Agata e Serena. Era il regalo che papà le aveva portato in ospedale, la volta che si era fatta male cadendo dall'altalena. In quella occasione Serena era stata per Agata una vera consolazione e quel legame sarebbe stato da lì in poi indissolubile. Quando Agata andava a scuola i pupazzi rimanevano soli a parlare fra di loro sul letto del più e del meno e Serena non perdeva occasione per affermare il suo primato: "Vedi caro Gigio, sarai pure famoso e ti illumini quando ridi, ma io rimango la sua preferita. Non sarà semplice battermi". Tutti i pupazzi e i peluche odiavano il comportamento di Serena, ma talvolta lasciavano correre per evitare storie. Infondo durante il giorno c'era spazio per tutti. Tigro ad esempio era stanco di rimbalzare da un punto all'altro della stanza, tirato intorno come un sacco di patate. Ma alla fine si rassegnava, pensando che infondo se quello era il modo per rendere Agata felice, questo bastava. I giorni passavano in fretta e la festività dei morti era alle porte. A proposito caro piccolino, ho dimenticato di dirti che Agata abitava in una regione chiamata Sicilia in cui nel giorno della festività dei morti (2 Novembre) molti genitori preparano tavole imbandite in piena notte con cesti ricchi di biscotti, melograni, frutta di marzapane e pupi di zucchero, che sono l'offerta per le anime dei cari volati in cielo che in cambio portano doni e caramelle ai più piccoli. Era giunto quindi questo periodo di festa e come ogni volta i genitori di Agata, cercavano con l'aiuto di Ester di capire quale gioco fosse quello giusto per l'occasione, ma il compito volta dopo volta diveniva sempre più difficile perché Agata disponeva di un numero grandissimo di giochi era difficile trovarne di nuovi che potessero piacerle. Quella volta però Agata aveva espresso il desiderio di ricevere una bambolina quasi introvabile di nome Shaara. Tutti i negozianti della città non sapevano neppure cosa fosse, così il papà e la mamma di Agata avevano ordinato on line la bambola e la avevano fatta giungere addirittura dalla Cina, facendo in modo di farla arrivare in tempo. Arrivò il giorno di Ognissanti. In piena notte, Sandro ed Elisa (papà e mamma di Agata) avevano preparato ogni cosa: melograni, noci, castagne, biscotti di San Martino, tetù, mustaccioli e tutta una serie di dolciumi da capogiro. In più moscato e vino rosso, propiziatorio per le anime in visita. Infine disposero proprio al centro del tavolo Shaara nella sua confezione nuovissima, coi suoi boccoli neri, il suo viso mulatto e gli occhi a mandorla. Somigliava molto ad una moderna Mulan, ma forse un po' snob. Al mattino del 2 Novembre Agata si svegliò per andare giù e fare colazione. Con sé portò come di consueto Serena, che aveva ovviamente dormito con lei. Quando entrò in camera da pranzo vide Shaara sul tavolo. Lanciò un urlo pazzesco e facendo cadere per terra Serena, corse subito dalla nuova bambola per aprirla e giocare con lei. Il tonfo per Serena fu pesante due volte. Per prima cosa si era fatta male, ma soprattutto aveva sperimentato il senso di abbandono, provato prima di lei dagli altri giochi di Agata. Era stato Sandro a raccoglierla da terra e poggiarla sul letto rifatto di Agata. Le altre bambole e i peluche dissero insieme: "Come mai qui tutta sola? Già finita la colazione? Come mai ti ha portata lui qui e non Agata?" Serena disse con malcelata indifferenza: "Nulla di importante, Agata era impegnata a scartare i suoi nuovi regali, così Sandro mi ha voluta gentilmente accompagnare per fare in modo che non mi annoiassi". I giocattoli ci credettero poco; il viso di Serena diceva molto della sua delusione. Quando ad un tratto irruppe nella stanza Agata dicendo: "Mio Dio che emozione!!! È il più bel regalo che abbia mai ricevuto in vita mia!!!" Queste parole furono il colpo fatale per l'orgoglio di Serena, che pianse in disparte per non farsi notare e si nascose dietro i cuscinoni rosa per non farsi vedere. Tutti i giocattoli e le bambole non persero occasione per vendicarsi della spocchia di Serena, oggi ormai abbandonata proprio come tutte le altre bambole. Provò nei giorni seguenti a capire come andasse. Pensò fra sé: "Magari è solo un amore passeggero" ma i giorni passarono e nulla cambiava, Agata aveva occhi solo per Shaara. Una notte accadde qualcosa che fu la goccia che fece traboccare il vaso. Agata entrò in stanza e senza voltare lo sguardo dalla parte di Serena, si rivolse a Shaara e parlandole per qualche minuto la raccolse da letto per eleggerla compagna della notte. Serena si sentì ferita e umiliata, provò la gelosia che si prova in amore, e decise che sarebbe fuggita via alla prima occasione. Così raccolse il suo biberon e il suo scialle colorato e si calò giù dalla finestra della cameretta della stanzetta di Agata e in un attimo si allontanò. Passarono due giorni e l'entusiasmo iniziale della novità, si attenuò sotto il peso della abitudine e dell'affetto che Agata provava comunque per il suo mondo e le cose che la circondavano. Così dopo la sbornia di entusiasmo, la bimba tornò a cercare Serena. Sul letto non c'era nonostante papà fosse sicuro di sì. La cercarono per tutta casa ma non ci fu nulla da fare Serena era scomparsa. Agata scoppiò in lacrime, aveva realizzato di aver perso la sua bambola del cuore anche se non conosceva affatto il motivo. Il papà provò a vedere se qualche negozio ne avesse ancora qualche modello, ma non vi fu niente da fare, Agata non voleva una nuova bambola ma voleva quella cui era affezionata. Le ricerche si fecero sempre più simili a quelle di una vera e propria scomparsa, ma senza esiti. Agata piangeva come una fontana e nonostante i genitori tentassero di calmarla dicendole che poteva giocare con la sua bambola nuova, non si riusciva a calmarla e il forte dispiacere le fece venire la febbre alta. Agata cominciò così a stare male e i genitori non sapevano che fare. Tutti i giocattoli guardavano la bimba stare male e rimasero colpiti da questa cosa. Passò qualche giorno, la situazione di Agata non migliorava e tutti erano molto preoccupati. Il padre cominciò a pensare che avesse potuto perderla da qualche parte così cominciò a scrivere messaggi sui propri social network, offrendo anche una ricompensa a chi avesse trovato la bambola della piccola. Alcuni furbi tentarono di spacciare delle loro bambole simili per Serena ma Agata non si faceva abbindolare dai truffatori. Serena intanto aveva trovato rifugio in un vecchio deposito di rifiuti della zona e piangeva spesso pensando a come la sua vita era cambiata in così poco tempo. Rifletteva sul fatto che forse aveva esagerato a trattare male gli altri giochi convinta di essere invincibile. Quello che le era accaduto era la punizione del destino che le faceva capire la lezione. Promise che se mai avesse trovato una nuova bambina non avrebbe mai più fatto la schizzinosa e avrebbe rispettato tutti i suoi "colleghi" giocattoli senza differenze. Decise di fare una camminata per i viali della città quando da una tv esposta in un negozio una tv locale trasmetteva un messaggio pubblico a pagamento in cui Sandro chiedeva a chiunque avesse trovato la bambola di riconsegnarla per salvare Agata che non sembrava riprendersi. Sentì subito una fitta al cuore e un misto fra gioia e colpa per quello che era accaduto. Era la volta di farsi perdonare e riprendere il proprio posto. Corse verso casa di Agata, salì piano la grondaia fino alla finestra e poi si calò nella stanza di Agata. Camminò piano con passo felpato, poi si mise per terra distesa vicino al letto di Agata. La madre entrò come faceva ogni 15 minuti per controllarla e avvicinandosi al letto diede involontariamente un calcio a Serena, che soffrì in silenzio senza parlare: "Oh! mamma mia, Sandro!!!" – Urlo Elisa: "l'ho trovata, l'ho trovata Sali su". Agata sentita la mamma, balzò dal letto e scippò subito Serena dalle mani della mamma e la abbracciò come se non la vedesse da chissà quanto tempo e le prese a parlare come se Agata potesse risponderle e la bambola per un attimo sembrò farle gli occhi dolci. Anche Serena capì una grande lezione e che quando una persona o una cosa è per noi davvero importante la mancanza si sente quando perdiamo quella cosa o quella persona, quindi sarebbe bene fare attenzione a godersi ciò che si ha senza pretendere sempre per forza qualcosa in più, perché altrimenti un giorno potremmo pentirci di quello che abbiamo perso, senza volerlo. Agata e Serena non si lasciarono mai più e Serena fece amicizia con Shaara e gli altri giochi che trattò bene da quel momento in poi.

Lalla voleva volare

C'era una volta un boschetto colorato e grazioso, ricco di grandi alberi e fiori colorati. In questo grazioso luogo vivevano tante belle creature, animali di ogni razza, uccelli e insetti di ogni sorta. Sopra un melo, all'interno di un frutto viveva Lalla, una dolcissima femmina di bruco. Lalla era una sognatrice, amante del mondo e della propria vita. Nella sua gustosa casa, non mancava nulla e tutto sommato la sua vita era felice e tranquilla. Aveva un chiodo fisso che occupava da tempo la sua mente: Voleva imparare a volare. Tutti gli animali del boschetto ridevano quando la sentivano fantasticare su come avrebbe potuto imparare e cosa avrebbe fatto nel giorno in cui sarebbe riuscita nella sua impresa. Le dicevano sempre: "Prima volerai e poi piangerai!". Ma Lalla non si arrendeva certo per lo scherno degli altri animali e cominciò presto a progettare delle ali che le avrebbero consentito di raggiungere il proprio sogno. Prese dei legnetti dal greto del vicino fiume, delle foglie da suo albero di mele e le fisso ai rametti con dei piccoli tralci di uva non ancora matura, quindi ben tosti e saldi, adatti a fungere da fune per le ali. Fissò così le ali di foglie di melo al suo esile corpicino. Salì strisciando sul ramo dell'albero e poi si lanciò nell'aria tentando di planare per poi muovere velocemente le ali e spiccare il volo. Questo era almeno ciò che la sua mente aveva immaginato. In realtà dopo una prima fase fortunata, Lalla cadde rovinosamente per terra, salvata solo dalle foglie dei fiori, come sempre copiose in Primavera. Lì vicino tutti i suoi compagni di bosco scoppiarono in una sonora risata, ferendo non poco l'orgoglio del bruco convinto di poter volare. Provò tanti altri giorni e in tante maniere ma nulla da fare, il volo sembrava una attività inarrivabile. Lalla si demoralizzò e per un periodo stette a riflettere malinconica di come la vita fosse ingiusta con lei, non avendole regalato delle ali come ad altri animali della sua stessa specie. Si rivolse guardando al cielo verso Madre Natura chiedendole perché fosse stata così cattiva con lei non dandole il dono del volo. Del resto api, zanzare, mosche, vespe, coleotteri, lucciole avevano tutte la possibilità di volare e lei no. Madre Natura un giorno stufa delle continue lamentele le rispose che ogni cosa aveva il suo tempo ed ogni animale nel bosco un suo compito; quello del bruco non era di volare ma di strisciare perché così aveva voluto la sorte. Avrebbe dovuto farsene una ragione e vivere tranquilla con sé stessa senza per forza invidiare gli altri amici, anche perché anche quelli che volavano, avevano desideri non realizzati per i quali avrebbero donato qualsiasi cosa. La spiegazione non convinse però Lalla che continuò a invidiare gli altri, non godendosi ciò che invece la vita le aveva donato:

un fisico asciutto, una bella casa e degli amici che infondo le volevano bene. I suoi occhi vedevano una realtà diversa, la sua mente era impegnata ad invidiare piuttosto che ad osservarsi intorno. Un giorno Lalla tornava dallo stagno e, salita sul ramo del suo albero di mele, incontrò una bella cicala che suonava. Si stupì molto perché non era ancora arrivata ma la cicala rispose: "Cara mia, la storia che noi cicale ce la spassiamo d'estate suonando e che moriamo per questo è la solita cattiva voce che diffondono le formiche per insultarci e denigrarci. Pensano di essere le uniche a lavorare, solo perché passano tutto il tempo a trasportare provviste. Noi cicale viviamo di musica, rendiamo bella l'estate e i suoi pomeriggi con il nostro canto. Siamo delle artiste e dovremmo essere più considerate da tutti, invece di essere viste come sprecone. E poi non è vero che moriamo quando finisce la bella stagione, solo ci nascondiamo nelle nostre tane per paura del freddo e usciamo di tanto in tanto per fare qualche piccolo concerto, per Madre Natura che ci convoca. Così ci guadagniamo da vivere, almeno fino all'estate successiva". Lalla rimase colpita da quella storia e fra di sé penso: "Quante cose sembrano diverse da come sono! pensavo che le cicale se la spassassero e invece guarda un po' questo poveretto. Il mondo è proprio ingiusto a volte". Salutò la cicala e rientrò nella sua mela. Stava affacciata dall'oblò del frutto e guardava l'orizzonte. Quando passavano degli uccelli lei riprendeva a sognare. Continuava a prendersela con Madre Natura, che non era stata benevola con lei, non consentendole di volare. La storia continuò per tanti giorni; ogni volta che vedeva un animale qualsiasi librarsi nell'aria, si rivolgeva a Madre Natura, rimproverandola di averla fatta brutta e di non averle donato la possibilità di volare come a molti altri animali. Madre Natura le rispose nuovamente che il suo ruolo nel bosco era importante tanto quanto quello degli animali capaci di volare e che ognuno a modo suo aveva problemi simili a quelli di Lalla e che forse sarebbe stato conveniente non lamentarsi ma aspettare con fiducia. Ma Lalla continuava imperterrita, perseguitata dal sogno del suo tanto amato volo. Un giorno Madre Natura stufa delle continue lamentele di Lalla pensò: "Forse sarà meglio farle capire la lezione". Impose le sue mani magiche e consentì finalmente a Lalla di trasformarsi in una crisalide. Il bruco sentì cambiare qualcosa dentro di sé ma non capiva cosa. Il suo corpo stava cominciando a modificarsi piano piano andava richiudendosi dentro il suo bozzolo prima di trasformarsi in una splendida e fragile farfalla. Si svegliò la mattina seguente e guardandosi allo specchio non credette ai suoi occhi; aveva delle bellissime ali viola, blu e nere con delle sfumature fantastiche. Lalla si sentì una dea, aveva realizzato il sogno della sua vita. Spiccò il suo primo volo e tutto dall'alto le sembrò meraviglioso. Girò per tutto il giorno passando da una parte all'altra del bosco e sfoggiando le sue ali come in risposta a quelli che non credevano che avrebbe mai potuto volare. Vide un'altra farfalla correre verso un campo di fiori, volando e la seguì. Giunte su di una margherita bianca si rivolse alla compagna dicendo: "Che fai di bello? Come mai hai quella faccia triste?" la farfalla rispose: "Non vedi le mie ali, sono una farfalla!" – Lalla rispose: "Anche io lo sono da qualche ora. Non sei felice? È tutto così magico. Sei bella, coloratissima e sai volare, cosa ti serve di più di ciò che hai?" La farfalla rispose: "Mi servirebbe vivere più tempo di quello che è concesso a noi farfalle per poter godere del bello di ciò che ho sempre avuto e che ora che tornerò da Madre Natura dovrò lasciare". Lalla ignara di tutto rispose: "Cosa significa più tempo?". La farfalla rispose: "Non sai che noi farfalle viviamo poco a lungo. Aspettiamo una vita per indossare le ali e quando le abbiamo possiamo usarle solo per qualche ora, al massimo qualche giorno e poi dobbiamo lasciare questo mondo e tutto ciò che abbiamo. Che disdetta". Lalla rimase di sasso, non sapeva il destino che la attendeva e fu molto turbata. D'un tratto ciò che aveva desiderato per tutta la vita sembrò essere una maledizione e fu molto triste. Capì che spesso rincorriamo cose inutili che ci sembrano necessarie e quando le abbiamo ottenute abbiamo sprecato così tanto tempo da non averne più per le cose importanti. Lalla visse ancora qualche giorno, poi tornò a Madre Natura non senza aver donato al bosco una piccola lacrima, pegno per la sua giovane vita, che cadde giù ad accarezzare il fiume.

TucTuc dalla Luna

Tore è un bimbo speciale, timido ma molto allegro. I suoi occhi sono sempre bassi. Non ama molto la scuola, perché spesso i suoi amici lo prendono in giro per i modi così gentili e maturi, per niente simili a quelli di un bimbo di appena otto anni. Tore ama molto gli animali. Ha un cane e un coniglietto blu. Del suo mondo fatto di giochi e fantasia, è davvero un esperto. Riesce a rendere animato qualsiasi oggetto e dare un nome anche ad un piccolo pezzo di stoffa. Adora i dinosauri e potrebbe riconoscerne uno, solo guardando il particolare di un artiglio. Tore ama lo spazio e gli astronauti e dopo aver ricevuto per Natale il suo cannocchiale, ogni sera guarda fuori verso le stelle per ammirare il firmamento. È convinto per qualche strano motivo che lassù da qualche parte esista qualcosa o qualcuno con cui poter parlare. Sta fermo delle ore a fissare le costellazioni e le strane immagini che disegnano nel cielo. Quando immagina di volare, saltella con strana allegria e con la bocca simula il rumore dei razzi nello spazio. La pace e la tranquillità lo rilassano. Tore ama molto il silenzio e la solitudine. Forse anche per questo è così speciale. Sa essere pigro e vitale allo stesso tempo. Ama fare solo ciò che lo fa sentire importante. Il suo babbo, rientrando dal lavoro, lo trova spesso in camera sua addormentato sulla sua scrivania con una mano ancora sul cannocchiale ed una sul piano; così lo stringe a sé in un caldo abbraccio e lo mette a dormire. Oggi a scuola Tore ha trascorso una giornata da ricordare. La maestra ha parlato dei pianeti, dei satelliti e delle stelle. Tra Marte, Venere e Saturno, La Luna, il Sole e la nostra amata Terra, Tore si sente un astronauta, pronto a spiccare il volo alla ricerca di nuova vita al di là dello spazio. Una notte Tore puntava il cannocchiale dritto verso il cielo limpido, illuminato da una bellissima Luna piena, brillante come una regina nel giorno della sua incoronazione. Guardava le stelle come sempre, quando d'un tratto vide un raggio scendere dritto dall'alto e cadere giù nel giardino di casa. Era molto tardi e tra un po' papà sarebbe passato per controllarlo. Incuriosito però non resistette e furtivamente uscì fuori per capire cosa fosse quella strana luce. Arrivato in giardino non vide nulla. Decise di rientrare ma da dietro una siepe senti mugolare uno strano mostriciattolo. Inizialmente ebbe una paura matta di quell'affare stranissimo. Alto non più di mezzo metro, un cappello marroncino in testa a coprire un piccolissimo ciuffo di peli; due occhi tondi a palla, il naso a patata e delle orecchie che sembravano due parabole, o forse due orecchie d'elefante. Ai piedi aveva delle buffe scarpe nere, che indossate da lui, sembravano come quelle di un clown del circo di Natale. Si avvicinò piano piano. L'esserino che si trovò davanti sembrava avere più paura di lui. Fu così che Tore, guardandolo gli chiese: "Ciao, come ti chiami?" – il mostriciattolo rispose: "Come ti chiami?". Tore pensò che il tipino fosse diffidente così rispose: "Io sono Tore e tu?". Ma la risposta che ebbe fu: "Io sono Tore e tu?". Capì allora che in realtà le risposte alle sue domande non sarebbero mai arrivate, l'esserino che stava nel suo giardino non lo capiva. Intanto il papà di Tore era entrato nella stanza e lo chiamava a gran voce non avendolo trovato. Tore sentita la voce del papà tornò subito dentro, mentre l'esserino si nascose in fretta fra i cespugli. Quando fu in casa il papà chiese a Tore: "Sei fuori di testa? Che ci fai a quest'ora in giardino. Domani devi andare a scuola. Corri a dormire". Tore rispose con un: "Scusa papà e correndo si affrettò a mettersi sotto le coperte, facendo finta di chiudere gli occhi". In realtà quando il padre uscì fuori dalla stanza Tore aprì gli occhi e seduto sul suo letto li stropicciava, convinto che forse poco prima avesse avuto una visione, o che magari fosse davvero così strano da avere le allucinazioni. Ripeteva nella sua mente: "Forse i miei compagni hanno ragione! Ho davvero bisogno di uno bravo!". In ogni caso era impossibile tornare in giardino e nulla si palesò a lui durante la notte, per cui si rimise a letto e si riaddormentò seppure a fatica. La mattina successiva, uscendo di casa però notò in giardino i segni di una sgommata come di una moto da cross, proprio vicino al punto in cui la sera prima aveva incontrato quell'essere stranissimo. Andò a scuola e la giornata passò stranamente in fretta, forse perché la mente di Tore era attratta dallo scoprire con cosa avesse avuto a che fare la notte precedente. A dire il vero tentò di spiegare qualcosa ad un suo compagnetto di classe, fra i pochi ad offrirgli una vera e sana amicizia. Ma vide gli occhi del suo amichetto socchiudersi come per pietà, quando gli espose i fatti. Decise allora di non insistere e con una scusa cambiò discorso per evitare di essere preso per pazzo. Tornò a casa e nel pomeriggio più volte provò ad affacciarsi per capire se ci fosse qualcosa di strano in giro. Stranamente non c'erano più neanche i segni del mattino in giardino e cominciò a dubitare che ciò che riteneva avere visto la notte precedente altro non fosse che un sogno. Arrivò la sera e la cena e poi la fiaba e infine la nanna. Prima della nanna però la solita occhiatina al cielo. Guardava fisso alle stelle quando da dietro le sue spalle si sentì toccare. Fece un balzo e il suo cuore gli giunse in gola. Davanti a lui l'esserino stranissimo con cui aveva avuto a che fare la notte precedente. "oh! Mio Dio! Sto male, ma che mi succede?". L'esserino rispose: "Nulla Tore, stai benissimo. Mi presento sono TucTuc e vengo dalla Luna". Tore rispose: "Se questo è uno scherzo, è di cattivo gusto. Ieri sera non sapevi parlare, ora mi parli. Sto sognando ne sono sicuro". TucTuc gli rispose: "Non stai sognando. È tutto vero. Sono piccolo e vengo dalla luna. Sul mio pianeta ho pochi amici e nessuno mi prende sul serio quando dico che secondo me ci sono altri esseri fuori dalla Luna. Tutti mi dicono che sono pazzo e si fanno una grande risata. Così ho deciso di girare un po' i pianeti e scoprire se avevo ragione per poter finalmente far vedere ai miei amici che non sono stupido né pazzo." Tore rimase sconvolto per qualche istante, poi tirò forte le orecchie di TucTuc e il naso convinto di trovare sotto qualche buontempone che voleva tirargli un brutto scherzo. Invece per quanto si fosse impegnato, si rese conto che quell'essere così buffo e strano in realtà era reale. Gli chiese subito: "Perché ieri non mi capivi ed oggi invece parli con me come se vivessi sulla terra da tanto tempo?". TucTuc rispose: "Ho studiato tutto il giorno la vostra lingua, ascoltando in giro. Ho un cervello d'acciaio, memorizzo subito. Quindi ora sono pronto a parlare con te." In quell'istante il papà di Tore ascoltava il figlio parlare da dietro la porta, ma sentiva solo la sua voce, non quella di TucTuc. Si affacciò senza che il figlio lo vedesse e ciò che gli si presentò davanti agli occhi fu uno scenario per lui inedito e sconfortante. Il figlio davanti alla finestra parlava come se ci fosse qualcuno davanti a lui, quando invece non vi era nessuno. Diede allora un piccolo colpò di tosse. Tore si girò convinto di essere stato scoperto e disse subito al papà: "Papà posso spiegarti. Lui non è mascherato. Si chiama TucTuc e viene dalla Luna". Il padre lo guardò con lo sguardo fra il benevolo ed il preoccupato poi disse: "Ok Tore ora a nanna, domani vediamo di capire cosa succede. Stai tranquillo fai sogni felici." Detto questo lo mise a letto e uscì dalla stanza. Tore capì subito che suo papà non aveva visto TucTuc e che lui forse era il solo a vederlo la cosa lo preoccupò, perché pensò che tutti lo avrebbero preso per pazzo, anche il suo papà. Quando furono soli TucTuc chiese a Tore: "Ti va di farmi vedere un po' il tuo mondo. È uno tra i primi che ho voluto visitare. Da lassù sembra così bello e colorato!". Tore acconsentì, così TucTuc lo fece salire su quello che aveva tutta l'aria di un monopattino ma che era una piccolissima navicella. Presero il volo e andarono via. La mattina successiva il papà di Tore entrò nella stanza per svegliarlo, ma trovò il letto vuoto e la finestra aperta. Si affacciò per vedere se Tore fosse lì vicino da qualche parte, poi preoccupatissimo, corse giù dalla mamma e le disse: "Tore non è in camera sua. Vado a cercarlo". La madre rispose: "Io chiamo intanto la Polizia". Nel frattempo i due amici visitavano i posti più belli del pianeta. Tore era un vero esperto e spiegava a TucTuc tutto quello che c'era da sapere, anche se il piccolo Mostriciattolo blu, si meravigliava di come alcune bellezze del pianeta fossero rovinate dalle mani degli uomini: "Come è possibile?" chiedeva: "Un posto così bello così sporco e rovinato". Tore rispose: "Quando lo chiedo a papà lui mi dice sempre che non meritiamo tutto questo e che tra un po' ci toccherà andare a vivere sulla Luna". TucTuc rispose: "Allora se vieni a vivere da me, andiamo insieme a scuola. Potremmo diventare amici". Tore per la prima volta non guardò al suo compagno di viaggio come ad un piccolo mostro, ma come ad un grande amico. Si sentiva libero di poter parlare ed essere sé stesso senza paura di essere ferito. Gli sembrava di sognare. Intanto a casa di Tore, tutti erano in ansia per lui, convinti che le avvisaglie della notte prima lasciassero presagire a qualcosa di brutto. La polizia lo cercò in ogni angolo della città, ma non riuscì a trovarlo. Passarono dei giorni, così le forze dell'ordine suggerirono ai genitori di fare un appello in tv al telegiornale della sera per chiedere notizie nel caso qualcuno lo avesse incrociato da qualche parte. Tore e TucTuc intanto erano in giro per il mondo. Visitarono l'Africa, videro leoni ed elefanti, giraffe ed ippopotami. Passarono per l'Asia e infine negli Stati Uniti, dove TucTuc si stupì molto per quei palazzi così alti che sembravano voler toccare il cielo. Intanto a casa i genitori di Tore erano in ansia. A scuola le maestre scosse dall'accaduto, organizzarono cartelloni e lenzuoli con su scritto: "Tore torna, ti vogliamo bene!" Anche i compagnetti meno simpatici erano molto colpiti dalla mancanza di quel compagno così timido e quasi invisibile all'apparenza, ma così presente e speciale in verità. Passò ancora qualche giorno poi TucTuc disse a Tore: "Amico mio, forse è il momento di tornare a casa, i tuoi genitori saranno in pena per te". – Tore disse: "Ma io mi sto divertendo così tanto, forse sarebbe meglio girare per tutto il resto della vita. Tanto tutti mi crederanno pazzo e gli altri mi prenderanno in giro." TucTuc disse allora a Tore: "Non preoccuparti se tutti nel mondo a volte sembrano deriderti o prenderti per matto, anche sulla Luna è così, pensa solo a rimanere puro come sei, perché solo grazie alla tua purezza hai potuto incontrarmi. Io sarò sempre con te nel tuo cuore leggero. Potremo viaggiare quando vogliamo. Ormai siamo amici. Con la tua dolcezza puoi arrivare fino alla Luna e venirmi a trovare." Tore annuì e i due compagni fecero ritorno a casa. Era tardo pomeriggio e davanti casa di Tore un gruppo fisso di giornalisti attendeva qualche nuovo dettaglio sulla scomparsa del piccolo; l'ingresso di casa era presidiato dalla polizia. Dentro mamma piangeva di continuo, arresa alla possibilità di ricevere una brutta notizia. Papà con lo sguardo fisso fuori come a voler attrarre coi suoi occhi quel figlio perduto nel nulla. Ad un tratto una luce fortissima avvolse il giardino, sembrò un lampo che accecò tutti per qualche minuto. Nella luce Tore e TucTuc si abbracciarono e si diedero appuntamento alla notte successiva. Al centro del giardino apparve Tore. Il padre non riusciva a crederci e corse ad abbracciare forte il figliolo. La mamma perse i sensi, soccorsa dai poliziotti presenti. I giornalisti e gli altri presenti senza parole impietriti da quella stranissima apparizione. Il papà di Tore gli chiese: "Figlio mio dove sei finito? Che spaventò che mi hai fatto prendere!". Tore rispose tranquillo: "Papà so che non mi crederai ma sono stato in viaggio con un mio amico molto speciale". Suo padre lo guardò dritto negli occhi, poi gli disse: "Ti credo figlio mio, andiamo in casa. Raccontami quello che hai visto". Il papà si fece raccontare tutto quello che era successo a Tore in quei giorni lontano da casa. A scuola fu preparata una grande festa per Tore e tutti i suoi compagni saputo della sua avventura lo invidiavano e facevano a gara per stargli vicino. Fu chiamato in tv per raccontare la sua storia che fu raccontata come un fenomeno di avvistamento di alieni. Alla sera, stanco per la giornata intensa trascorsa, Tore si mise alla finestra. Mise gli occhi dentro il cannocchiale e puntò dritto al cielo. Come promesso, lì sulla Luna c'era TucTuc, insieme ai suoi compagni increduli, ad aspettarlo. Papà entrò e vide il figlio al cannocchiale parlare e si avvicinò convinto per la prima volta che dicesse il vero. Il suo cuore era puro in quell'istante. Tore lo vide, sorrise gli chiese di avvicinarsi. Il papà guardò dal cannocchiale. Dall'altra parte il mostriciattolo blu a salutarlo al centro di una splendida Luna. TucTuc era di nuovo a casa.

Il ricco e il povero

Carlo e Simone erano compagni di classe. Vivevano tutti e due a Palermo. Carlo era figlio di un ricco imprenditore edile, Simone invece era figlio di un operatore telefonico. La mamma di Carlo era medico chirurgo, mentre quella di Simone un'insegnante. I due bimbi erano amici e andavano a scuola quasi sempre insieme. Si attendevano a vicenda prima di entrare a scuola per paura che l'altro non riuscisse ad entrare. Per loro stare insieme era quasi necessario. Carlo viveva in maniera agiata, frequentava un piccolo circolo di tennis, vestiva firmato e otteneva spesso tutto ciò che chiedeva a mamma e papà, che non potendo dedicarsi come nei loro desideri al figlio, cercavano di sopperire alla loro assenza ricoprendolo di doni e regali che pian piano lo resero quasi bulimico in fatto di giochi. Simone invece viveva in modo più comune. Certamente non gli mancava nulla, ma tutto ciò che riusciva ad ottenere doveva sudarlo con la propria fronte e prima doveva penare parecchio, anche perché il tenore di vita che potevano permettersi i suoi genitori non era paragonabile a quello di Carlo. Un giorno Carlo e Simone stavano giocando in classe durante la ricreazione con i loro smartphone e girovagando sul web Carlo vide l'ultimo gioco di avventure, uscito pochi giorni prima e che era il regalo più ambito da tutti i bambini. Così Carlo disse a Simone: "Più tardi dico a mio papà di comprarlo così potrò giocare con questo gioco super fico finalmente. Perché non chiedi anche tu ai tuoi genitori di comprartelo, così giochiamo insieme on line?". Simone annuì al discorso di Carlo anche se immaginava già la risposta dei loro genitori, che a fatica erano riusciti a regalargli la consolle qualche mese prima. Ad ogni modo quando tornarono a casa, Carlo interrogò il padre che subito acconsentì all'acquisto. Simone invece fu accolto da un sorriso di tenerezza del padre che gli spiegava che non avrebbe avuto abbastanza soldi per comprare l'ambito gioco. Il giorno dopo Carlo e Simone si ritrovarono a scuola. Carlo portò con sé il nuovo gioco. Quando vide Simone gli chiese: "Ciao Simone, guarda un po' qua! Come è il tuo fammi vedere?" Simone rispose: "Ciao Carlo. Non ho nessun gioco. Mio papà non può comprarmelo". Carlo rispose con la ingenuità tagliente di un bambino: "Ma come è possibile? Sarai mica povero? Io non posso fare amicizia con i bimbi poveri, mio papà mi ha raccomandato di stare attento a scegliere bene i miei amici. Senza ammettere alcuna replica, girò così le spalle a Simone e andò via. Simone tornò a casa quel giorno ferito, in un mare di lacrime. La mamma lo vide arrivare con gli occhi rossi rossi e gli chiese: "Simone ma cosa succede?". Singhiozzando Simone disse: "Carlo non vuole essere più mio amico perché dice che sono povero e che suo papà gli ha proibito di essere amico dei bimbi poveri". La mamma rispose: "E perché mai saresti povero?". Simone rispose: "Perché non posso comprare "Around the World: the adventure". La mamma sorrise e gli disse: "Vieni qui abbracciami! Adesso ti spiego bene cosa vuol dire essere poveri." Gli parlò della sua giovinezza e dei sacrifici che i nonni avevano fatto per fare in modo che la mamma potesse studiare e diventare un'insegnante. Le sere in cui un pezzo di pane e un po' di zuppa erano l'intera cena e dei libri scolastici acquistati a piccole rate, dal nonno che rinunciava anche al caffè pur di poter mandare avanti i propri figli. Gli spiegò che quella era la vera povertà ma che in realtà quella stessa condizione li faceva sentire ricchi, ma di una ricchezza diversa; la dignità del lavoro e la gratificazione della conquista, l'amore e la vera amicizia che non si

misura in euro ma in buone azioni. Simone
ascoltava quella lezione di vita, e pensava che in
fondo nonostante non potesse comprare quel
maledetto gioco, non gli mancava nulla di
importante. La sua stanza era piena di giochi.
Mangiava cosa desiderava e a scuola andava ogni
volta con tutto il necessario. Si sentì meglio e
ringraziò la mamma. Il giorno dopo tornò a scuola,
con un peso sul cuore. Carlo era per lui il suo
migliore amico e il suo distacco non riusciva a
tollerarlo. Ma il tempo si sa è bizzarro e la vita può
cambiare in fretta e con lei tutto il resto. La mamma
di Simone oltre ad essere un'ottima insegnante era
anche una scrittrice. Scrisse una storia per bambini
che spopolò al punto di farla diventare la scrittrice
più famosa del momento, candidata addirittura al
premio Strega. La situazione economica così
cambiò repentinamente e Simone cominciò a
vedere gli effetti della nuova vita. Al contrario gli

affari del papà di Carlo si complicarono e la situazione precipitò. Si avvicinavano le feste di Natale. La mamma di Simone era diventata una vera star e nel pomeriggio del giovedì era prevista la presentazione dell'ultimo libro desiderato da tutti i bambini. Simone accompagnava sempre la mamma, così in attesa che cominciasse la presentazione passeggiava subito fuori dalla libreria per prendere un po' d'aria. Uscendo vide Carlo vicino alla vetrina che guardava il libro con le lacrime agli occhi e la faccia triste. Simone provò dolore nel vedere l'amico soffrire, nonostante il suo comportamento, non riusciva ad odiarlo. L'amicizia era più forte. La mamma guardava la scena alle sue spalle. Simone si girò ad un tratto come se avesse percepito la presenza della mamma alle spalle. La sua mamma teneva una copia del libro in mano e la passò a Simone: "Forza! Sai cosa devi fare!" Simone prese il libro e si avvicinò a Carlo ancora imbambolato davanti alla vetrina: "Ciao Carlo. Tieni. Questo è per te!". Carlo si girò di scatto e vide davanti a sé Simone con il libro tanto desiderato in mano che glielo porgeva in dono: "Simone, io sono stato molto cattivo con te e tu mi fai un regalo?" Simone rispose: "Non mi importa come tu hai deciso di comportarti con me, ricco o povero non fa differenza. Sei mio amico e ti voglio bene. Facciamo pace?".A quelle parole Carlo scoppiò in un pianto naturale, spontaneo e vero e abbracciò il suo amico. Promisero che non si sarebbero mai più persi di vista. Carlo aveva imparato che nella vita l'amicizia conta più di ogni altra cosa e che la vera ricchezza per lui era Simone. Entrarono insieme per seguire la presentazione. La mamma visti i due seduti accanto e felici, strizzò un occhio in cenno di intesa al suo bimbo. Aveva trovato una nuova storia per il suo prossimo libro.

Dedica ai piccoli eroi

Caro piccolo che hai avuto a cuore di sentire, leggere fino all'ultima fiaba, sappi che questo libro è frutto della mia fantasia e dell'aiuto fondamentale dei miei piccoli Salvatore ed Anna che sono stati i primi lettori ed in qualche modo i coautori di quest'opera. Ti scrivo questo perché spero che tu ti sia divertito a leggere queste storie e abbia imparato cose nuove o ritrovato quanto ogni giorno ti ripetono mamma e papà. Da parte mia ti ringrazio per aver scelto la mia opera e ti prometto che ci rivedremo presto con nuove avventure.

Buona vita e tanta felicità

@diritti riservati
Francesco Giuliano

Printed in Great Britain
by Amazon

32993686R00066